Julie K. Lundgren

Un livre de la collection
Les jeunes plantes de Crabtree

TABLE DES MATIÈRES

DES OISEAUX BIZARRES

Quels animaux ont des plumes, un bec, des ailes et pondent des œufs? Les oiseaux!

Le bec des oiseaux peut avoir plusieurs formes et tailles. Le calao bicorne a une crête sur son bec que l'on appelle un casque.

Plus de 10,000 types d'oiseaux vivent sur la Terre aujourd'hui. Les oiseaux se sont **adaptés** pour survivre.

CARACTÉRISTIQUES DES PIEDS

Les pieds de l'oiseau chanteur s'agrippent facilement aux branches et autres perchoirs. Il a trois orteils pointés vers l'avant et un à l'arrière.

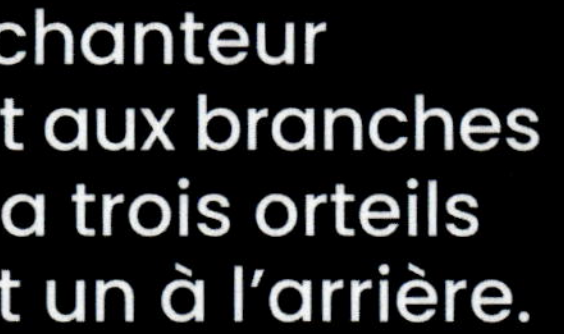

Le pic a deux orteils pointés vers l'avant et deux à l'arrière, ce qui lui permet de se déplacer dans toutes les directions sur l'écorce des arbres.

Effrayant ou intéressant?

Les animaux évitent de manger le pitohui bicolore venimeux en Nouvelle-Guinée. Le pitohui bicolore mange des insectes **toxiques** qui rendent sa peau et ses plumes venimeuses.

Les oiseaux d'eau nagent bien à l'aide de leurs pieds palmés comme des nageoires.

Les longs orteils des oiseaux de rivage les empêchent de s'enfoncer dans la boue et le sable sur les rives.

Certains oiseaux défendent leur territoire. La pintade **vulturine** mâle utilise son bec acéré et les éperons sur ses pattes pour attaquer les autres mâles qui essaient de s'établir sur son territoire.

Les pintades vulturines ont un visage croûteux sans plumes et des yeux rouge sang.

D'autres oiseaux utilisent le **camouflage** comme moyen de défense. L'ibijau gris se fond parfaitement à l'écorce des arbres.

Les observateurs attentifs trouveront l'ibijau gris caché dans cet arbre.

REMPLIR SON VENTRE

Les oiseaux ont plusieurs moyens bizarres, mais efficaces d'attraper de la nourriture. Les **carnivores** chassent leurs **proies**.

pie-grièche migratrice

La pie-grièche migratrice emmagasine ses proies sur du fil barbelé, des épines pointues ou des troncs d'arbre.

EFFRAYANT OU INTÉRESSANT?

Le bec-en-sabot du Nil utilise son puissant bec crochu pour attraper et broyer les proies aquatiques comme des poissons, des amphibiens, des serpents et de petits crocodiles.

Les hiboux règnent la nuit. Ils utilisent leur ouïe fine et leurs grands yeux pour détecter les proies.

Les oiseaux n’ont pas de dents. Plusieurs oiseaux carnivores ont un bec acéré pour perforer, trancher ou déchirer leurs proies en morceaux.

L’aigle royal n’a pas besoin d’ustensiles. Il tranche et déchire son repas avec son bec puissant.

MANGER LES MORTS

Certains oiseaux réalisent une tâche utile, mais choquante. Ils mangent de la **charogne** malodorante.

Le marabout d'Afrique peut attraper et avaler plus d'une livre (454 grammes) de viande en une seule bouchée avec son énorme bec.

La tête sans plumes du vautour facilite son nettoyage après un repas salissant.

Certains mangeurs de charogne, comme le condor des Andes, ont un excellent sens de l'odorat pour trouver des gâteries puantes.

LES ŒUFS ET LES OISILLONS

Les oiseaux peuvent attirer des partenaires avec une danse, une chanson ou un **plumage** coloré.

Bien que de nombreux animaux utilisent leur belle apparence pour attirer une partenaire, les oiseaux à berceau mâles construisent et décorent des pièces sophistiquées, ou berceaux. Ils utilisent des coquillages, des os, des plantes ou des festons colorés qu'ils volent.

EFFRAYANT OU INTÉRESSANT?

Les dindes tombent amoureuses quand elles aperçoivent la pendeloque et le barbillon rouge vif d'un mâle—les replis de peau qui pendent de son bec et de son cou.

Il faut beaucoup de travail pour faire un nid et prendre soin des œufs.

Les **parasites de couvée** pondent des œufs dans le nid d'autres oiseaux et les laissent élever leurs petits.

EFFRAYANT OU INTÉRESSANT?

Quelle que soit ta réponse, même les adaptations les plus étranges aident les oiseaux à survivre.

Glossaire

adaptés (a-dapté) : Changer au fil du temps pour survivre, notamment changer d'apparence et de comportement

camouflage (ka-mou-flaj) : Couleurs ou motifs qui se fondent avec l'environnement pour aider les animaux à se cacher

carnivores (kar-ni-vor) : Des animaux qui chassent et mangent d'autres animaux

charogne (cha-rogn) : Le corps d'animaux morts

parasites de couvée (pa-ra-zit de cou-vé) : Des oiseaux qui pondent leurs œufs dans le nid d'autres types d'oiseaux

plumage (plu-maj) : Les plumes d'un oiseau

proies (proa) : Des animaux qui sont mangés par d'autres animaux

toxiques (tok-ssik) : Venimeux ou nocif pour le corps

vulturine (vul-tu-rine) : Comme un vautour, d'une certaine manière, par exemple avoir une tête sans plumes ou manger de la charogne

Index

Soutien de l'école à la maison pour les parents, les gardiens et les enseignants

Ce livre aide les enfants à se développer grâce à la pratique de la lecture. Voici quelques exemples de questions pour aider le lecteur ou la lectrice à développer ses capacités de compréhension. Les suggestions de réponses sont indiquées en rouge.

Avant la lecture

- **De quoi ce livre parle-t-il?** *Je pense que ce livre parle d'oiseaux inhabituels. Je pense que ce livre parle des parties des oiseaux.*
- **Qu'est-ce que je veux apprendre sur ce sujet?** *Je veux en apprendre davantage au sujet des oiseaux inhabituels. Je veux savoir comment les oiseaux volent.*

Pendant la lecture

- **Je me demande pourquoi...** *Je me demande pourquoi certains oiseaux mangent de la viande et d'autres mangent des graines. Je me demande pourquoi les vautours ne chassent pas des proies au lieu de manger des animaux morts.*
- **Qu'est-ce que j'ai appris jusqu'à présent?** *J'ai appris qu'il existe plus de 10 000 types d'oiseaux. J'ai appris qu'il y a un type d'oiseaux qui emmagasine ses proies sur du fil barbelé ou des épines pointues.*

Après la lecture

- **Nomme quelques détails que tu as retenus.** *J'ai appris que les oiseaux n'ont pas de dents. J'ai appris que les dindes sont attirées par la pendeloque et le barbillon rouge vif des mâles.*
- **Lis le livre à nouveau et cherche les mots du glossaire.** *Je vois le mot **adaptés** à la page 6 et le mot **plumage** à la page 20. Les autres mots du glossaire se trouvent à la page 23.*

Crabtree Publishing

crabtreebooks.com 800-387-7650

Version imprimée du livre produite conjointement avec Blue Door Education en 2021.

Auteur : Julie K. Lundgren
Traduction : Annie Evearts

Paperback 978-1-0396-0834-4
Ebook (pdf) 978-1-0396-0846-7
Epub 978-1-0396-0858-0
Read-along 978-1-0398-0336-7
Audio book 978-1-0396-6667-2

Imprimé au Canada/032024/CPC20240301

Publié au Canada par Crabtree Publishing
616 Welland Avenue
St. Catharines, Ontario
L2M 5V6

Publié aux États-Unis par Crabtree Publishing
347 Fifth Avenue
Suite 1402-145
New York, NY 10016

Références photographiques : Couverture © Stuart G Porter, p. 4-5 © Michal Ninger; p. 6-7 (paruline masquée) © Paul Reeves Photography,Photography (pic) © YK (canard) © Aksenova Natalya (héron) © Eric Isselee, (pitohui bicolore) © markaharper1; p, 8-9 © Edwin Butter, page 8 (médaillon) © PHOTOCREO Michal Bednarek; p. 10-11 © Ondrej Prosicky; p. 12 (insecte) © Kristian Bell | Dreamstime; (pie-grièche migratrice) © Steve Byland | Dreamstime.com; p. 13 © Lodimup; p. 14-15 © Kletr; p. 16-17 © James Michael Dorsey; p. 18 (marabout d'Afrique) © Sam DCruz , p. 19 © Ammit Jack; p. 20-21 © BMJ, p. 20 (médaillon) © Hugh Lansdown, p. 21 (dindon) © TonLammerts; p. 22 © francesco de marco

Catalogage avant publication de Bibliothèque et Archives Canada
Titre: Des oiseaux / Julie K. Lundgren ; texte français d'Annie Evearts.
Autres titres: Birds. Français.
Noms: Lundgren, Julie K., auteur.
Description: Mention de collection: Effrayants mais intéressants | Les jeunes plantes de Crabtree | Traduction de : Birds. | Comprend un index.
Identifiants: Canadiana (livre imprimé) 20210286067 | Canadiana (livre numérique) 20210286075 | ISBN 9781039608344 (couverture souple) | ISBN 9781039608467 (HTML) | ISBN 9781039608580 (EPUB)
Vedettes-matière: RVM: Oiseaux—Ouvrages pour la jeunesse. | RVMGF: Documents pour la jeunesse.
Classification: LCC QL676.2 .L8614 2022 | CDD j598—dc23